영혼의 노래

영혼의 노래

발행일   2026년 2월 23일

지은이   유시옥
펴낸이   손형국
펴낸곳   (주)북랩

출판등록   2004. 12. 1(제2012-000051호)
주소   서울특별시 금천구 가산디지털 1로 168, 우림라이온스밸리 B동 B111호, B113~115호
홈페이지   www.book.co.kr
전화번호   (02)2026-5777   **팩스**   (02)3159-9637

ISBN   979-11-7598-131-7 03810(종이책)

작가 연락처 문의 ▸ ask.book.co.kr

전용 게시판에 문의를 남기시면 저자에게 직접 전달됩니다.

(주)북랩 성공출판의 파트너

북랩 홈페이지와 SNS에서 다양한 출판 솔루션을 만나 보세요!

홈페이지 book.co.kr   •   **블로그** blog.naver.com/essaybook   •   **출판문의** text@book.co.kr
카톡채널 북랩

유시옥 시집

영혼의 노래

삶을 건너온 마음이 마침내 시가 되다!

인연과 이별, 기억과 용서를 지나온 영혼의 고백
상처가 언어를 얻을 때, 위로는 노래가 된다.

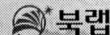 북랩

작가의 말

영혼이 먼저 부른 말들

시는 언제나 계획보다 먼저 찾아왔습니다.

쓰겠다고 마음먹기 전에, 이미 마음속 어딘가에서 조용히 불러 오던 말들이 있었습니다. 기쁨의 순간에도, 외로움의 밤에도, 설명할 수 없는 감사와 이해할 수 없는 고통의 자리에서도 말들은 스스로 모습을 드러냈습니다. 이 시집은 그렇게 제 삶을 지나간 말들의 기록입니다.

삶을 살아오며 수없이 많은 인연을 만나고 또 떠나보냈습니다. 사랑했고, 후회했고, 흔들렸으며, 때로는 제 자신조차 믿지 못한 날들도 있었습니다. 그 모든 순간 속에서 시는 제게 질문이 되었고, 고백이 되었으며, 기도가 되었습니다.

이 책의 1장 '인연'은 인간으로 살아가며 마주한 관계와 감정, 선택과 책임에 대한 기록입니다. 누구나 한 번쯤 겪었을 마음의 장면들이, 저의 언어를 빌려 시가 되었습니다.

2장 '기도'에 이르러서는, 인간의 언어가 닿을 수 없는 지점 앞에 서게 됩니다. 이해보다 신뢰가 필요했던 순간들, 답을 구하기보다 마음을 내려놓아야 했던 시간들, 그 속에서

영혼의 노래

저는 기도를 배웠습니다. 기도는 간구이기 이전에 고백이었고, 믿음은 확신이기보다 흔들림 속에서도 놓지 않는 방향이었습니다. 이 시들은 신앙의 정답을 말하기보다, 질문을 안고 살아가는 한 사람의 솔직한 걸음에 가깝습니다.

『영혼의 노래』는 특별한 이야기를 담은 책이 아닙니다. 오히려 너무 평범해서 지나치기 쉬운 마음의 순간들, 말로 하지 못해 가슴에 남아 있던 감정들을 조심스럽게 불러낸 시집입니다. 이 시들을 통해 독자 여러분 각자의 삶 속에서도 저마다의 '영혼의 노래'가 다시 들리기를 바랍니다.

이 책이 누군가에게는 위로가 되고, 누군가에게는 조용한 동행이 되기를 바랍니다. 무엇보다, 이 시들이 삶의 한 순간에 잠시 머물 수 있다면 그것으로 충분합니다.

영혼이 먼저 불러 준 말들에 조심스레 응답하며 이 시집을 건넵니다.

위시옥

차례

1장 인연

2장 기도

1장
인연

인연

오겠다는 사람을 사양한 적이 없고
가겠다는 사람을 말린 적이 없었어

수많은 인연이 그렇게 시작되었고
또 그렇게 작별을 고하며 떠나갔지

그대와의 만남도 다르지 않았고
언젠가 이별을 염두에 둔 인연이었어

그러나 그대는 내게 와서는
다른 인연처럼 가 버리지 않았어

우리의 만남은 평범한 인연 중 하나였는데
그대와의 사랑으로 영원한 인연이 되었지.

너에게 가는 길은

친구들은 근심하며 말렸고
부모는 극렬하게 반대했어

눈이 쏟아질 듯한 하늘은 잿빛으로 우울했고
바람은 매섭게 몰아쳤지

경건하고 아름다운 장소에서 맺은 약속은 성스러웠지만
세상에는 우릴 쉬게 해줄 거처 하나 없었어

그렇게 누구에게도 환영받지 못한 우리의 만남은
쓸쓸하고 외로운 현실로 남겨졌지

그러나 너에게로 가는 길이 험난한 여정이었어도
한 번도 후회해 본 적이 없을 만큼 행복했어.

소나기, 소녀처럼

초등학생 겨울방학에 찾아간 농촌 할머니 댁
서울에서 자란 소녀는 자연에 매료되어 남기를 고집했어

먼 길을 걸어 학교에 가면
까맣게 햇볕에 그을린 개구쟁이 사촌 소년을 만날 수 있
었어

하얀 피부에 하늘거리는 원피스, 그리고 반짝이는 검정 구
두를 신은 소녀는
소설 「소나기」에 나오는 소녀와 닮아 있었지

여름에는 저수지에 뛰어들어 거머리조차 무서워하지 않고
물장구치고
감꽃으로 만든 목걸이를 걸고 누구보다 행복해하던 소녀가
어느덧 시골 아이가 되어 버려도

여전히 소년의 눈에는 겨울 눈처럼 뽀얀 피부를 지닌 서울 소녀였어

환갑을 바라보는 나이에 만난 사촌은
고단한 세월 풍파에 잃어버린 소녀의 모습이 어디로 갔냐고
한탄을 늘어놓았어
소녀는 기억하지 못했던 과거의 순수하고 아름다웠던 모습
을 추억해 준 소년에게 그저 잔잔한 미소로 답했지.

불면증

바로 어제 일은 희미한 과거에 묻은 듯한데
10년 전, 40년 전 일들이 점점 또렷하게 기억되는 건
늙어 가고 있다는 사실일까?

즐겁고 행복했던 추억이 산처럼 쌓였는데
괴롭고 억울했던 고통이 마치 현재 일처럼 강렬해지는 건
영혼도 병들어 간다는 의미일까?

원망할 사람이, 사건이 그리도 많은 줄 몰랐는데
마음에 켜켜이 쌓인 울분이 이토록 뼈아프고 서러운 건
모두 용서한 줄 알았는데 사실은 그렇지 못했다는 것일까?

피곤해 곧 쓰러질 지경으로 지쳤는데
깊은 잠을 청하여 오늘의 고단함을 끝내지 못하는 건
죽음이 두려워 오늘을 놓을 수 없다는 의미일까?

늙어 간다는 것은

젊은 날
수도 없이 삶으로부터 도망치려 했었고
마치 영원불멸하는 존재처럼 고통스러웠던 고뇌와
우울했던 절망과 쓸쓸했던 고독이
사라지지 않을 듯 보였지

한껏 설레는 마음으로 고통이 없는 유토피아를 꿈꾸고
용감하고 정의로운 친구들과 완벽한 이상 세계를 건설하고
행복만 존재하는 환상의 나래를 펼쳤지만
아무리 인정하지 않으려 해도 냉혹한 현실이 거기 있었어

그래도 고뇌 중에 소망을 가지고
그래도 고독 중에 꿈을 키우고
그래도 절망 가운데 희망의 빛도 찾을 수 있었는데

어느덧 표류하던 인생의 항해를 마무리 지을 때가 다가와

영원할 것 같았던 청춘의 죽음을 기다리며

소망도 접고 꿈도 버리고 희망도 버거워졌지

늙어 간다는 것은

불꽃처럼 타오르던 욕망의 전차에서

이제 종착지 도착을 알리는 방송을 듣는다는 의미가 아닐까.

걱정하지 말아요, 그대

걱정하지 말아요, 그대
매서운 동장군의 기세에도
봄은 생명으로 가꾸어 갈 세상을 포기하지 않고
가을의 신선한 공기는 습하고 불쾌한 무더위와 싸워 이겨
낼 거예요

걱정하지 말아요, 그대
인생의 험난한 시련 속에서도
착하고 고귀한 그대의 진심을 오해하지 않고
힘들었던 과거를 함께 해왔듯이 여전히 끝나지 않을 오늘의
고통을
알 수 없는 불안한 내일의 슬픔까지도 기꺼이 그대와 함께
할 거예요.

영혼의 노래

자화상

옥빛 어두운 물속에서
뚜렷하지 않은 아이 영상을 바라보다가
빨려들 듯 몽롱한 죽음의 유혹에 뒷걸음치며 멀리 도망
쳤어

청춘을 비추는
깊고 어두운 우물에서 불안한 눈동자가 흔들리고
도망칠 수 없는 매혹에 붙잡힌 고통이 메아리처럼 울렸지

너무 투명해서 피하고 싶은 거울이 비춰 주는
주름진 얼굴에 잔잔하게 박혀 있는 미소 한 자락이
인생의 여정을 아름다운 기억으로 추억할 수 있어 감사
했지.

인간

우주를 표류하던 작은 생명의 씨앗 하나가
지배자인 신에게 부탁했어
이 아름다운 천국에 뿌리를 내리게 해 달라고

자비로운 신이 허락하여
영원히 영화로운 진보를 약속받고
소중한 형제들과 함께 준비를 시작했지

그리고 잊었던 진리를 배워 깨달음을 얻고
동물적 본능을 이겨내 신의 길에 참여하려고
선택을 시험받는 인간이 되었어.

영혼의 노래

신의 대리인

오래전 청소년 여름 캠프에 관리자로 함께했을 때는 장마 전선이 오락가락하던 시기였어
늦은 밤 갑작스러운 폭우에 텐트 주변 물길을 만드느라 잠을 설치기 일쑤였고
그럼에도 잠깐의 소강 상태에서 밥을 지어 먹고 활동을 이어갔지만 누구도 불평하거나 포기하지 않았어

대회 폐막식 전날 밤의 마지막 행사는 깊지는 않지만 물살이 제법 센 강물에 종이배를 띄우는 활동이었어
각자 만든 종이배에 작은 초를 고정하고 촛불을 밝혔고
강물은 마치 잿빛 하늘이 감춰 둔 별들을 모두 가져다 뿌려 놓은 듯 아름다운 불빛으로 반짝이고 있었어
모두 자신의 종이배에서 눈을 떼지 못한 것은 비밀스럽게 간직한 마음의 소망을 촛불에 담았기 때문이고
강물의 물살이 종이배를 삼키고 불안하게 흔들리던 불빛마저 삼켜 버리면 꿈을 싣고 멀리멀리 떠내려 가길 바라던 소망도 실망감으로 바뀌었지

강물에 뒤집힌 종이배가 점차 늘어나며 불빛도 서서히 자
취를 감추었고

별빛도 달빛도 잿빛 구름에 가려진 강가에 칠흑 같은 어둠
이 내려앉았어

그런데 유일하게 누군가의 종이배 하나와 나의 종이배는 시
야에서 완전히 사라질 때까지도 강물을 타고 흘러갔고

그 넓은 강물 위에 오직 두 개의 불빛만이 남겨졌어

그때 평소에 안면이 있던 언니가 내 곁으로 다가왔어

그리고 내 귀에 가까이 다가서더니 작은 목소리로 속삭
였지

그녀는 "하나님이 너를 사랑하시는 거야."라고 말하고 군중
속으로 사라졌어

그 당시 나는 죽음보다 못한 삶을 견디며 깊은 절망에 사로
잡혀 있던 때였고

감당하기 어려운 슬픔으로 우울했기에 사람들의 환호에는
감정의 동요조차 일어나지 않았지만

아는 언니가 내게 전해준 한 마디에는 마법 같은 치유력이
있었어

신의 대리인인 인간 천사들은 그렇게 말 한 마디로 작은 몸
짓 하나로도 절망에 빠진 누군가를 구해 줄 수 있다는 걸
나도 그런 인간 천사가 되고 싶은 소망을 처음으로 마음에
품었던 그날은 황량하고 슬픔이 넘치는 세상이지만
그래도 살 만한 소중하고 따뜻한 세상을 희망하게 해주었지.

카레

방학이 되면 어김없이 달려갔던 외가댁
어설픈 솜씨로 감자 양파 당근 고기를 썰어 맛깔나게 볶고
물에 카레 가루만 타면 쉽게도 만들었던 음식을 무슨 대단
한 요리라고 먼 길 온 손녀가 대접하면
천상의 맛이라고 몇 개 남지 않은 치아로 참 달갑게 드셨지

평생을 논과 밭에서 일하느라 검게 탄 피부는 노인성 반점
으로 얼룩이 지고 골이 깊은 주름은 고단한 세월을 말해 주
었지만
외할머니 표정은 언제나 참 따뜻했고
얼굴에 화장품을 발라 본 적이 없다는 말에 용돈을 아껴
선물한 로션 하나에 감동하시고 고맙다고 말하고 또 하셨
던 외할머니는
덕분에 노인성 반점이 많이 옅어지고 사라지기도 하셨다면
서 변화된 얼굴을 자랑하셨지

고생으로 나무토막처럼 뻣뻣하고 애처롭게 말랐지만

방학이 끝나 집으로 돌아가는 손녀의 손을 잡고 서운함에 눈물을 흘리시던 외할머니의 모습이 참 아프게도 마음에 박혀 있는데

머느리 눈칫밥에 오래 사는 게 한탄스럽다고 입버릇처럼 말하시다 아들 목장에서 키우던 젖소 뒷발에 차여 돌아가셨어

사고라고 하지만 외할머니는 자식에게 짐이 될까 두려워 그렇게라도 생을 마감하고 싶으셨을지도 모른다는 생각을 지울 수 없었지

다정하시고 정이 깊으셨던 외할머니를 친부모보다 사랑했던 나는 아주 오래 서럽게도 울었고

내 책임이 아니라고 외면하고 산 세월이 미안해 그렇게나 오래 슬펐어

그렇게 좋아하시던 카레를 다시 만들어 드리지 못했는데, 언젠가 하리라 마음으로 약속한 사랑을 다 되돌려 주지도 못했는데

지금도 카레 냄새만 맡아도 정겹던 외할머니의 푸근한 미소가 가슴 시리게 그립고 그리워지네.

잃어버리면 안 되는 사람들

딸아이가 어릴 때 쇼핑몰에서 잃은 적이 있었는데 내 기억
에 딸은 네 살 정도였지
세일 품목에 정신이 팔려 딸이 제멋대로 곁을 이탈한 사실
을 몰랐어
마치 미친 사람처럼 각 층의 매장을 돌며 딸을 찾고 있을
때 두려움과 공포로 심장이 타들어 가는 듯했고
가장 두려웠던 것은 딸을 찾지 못하면 아이가 어떤 인생의
시련 앞에 놓이게 될지 모른다는 상상이었어
아무리 부족해도 내 품에서 지키고 가르치고 사랑해야 할
존재를 불확실한 미래 속으로 놓쳐 버린 것만 같은 죄책감
에 죽음보다 잔인한 절망감에 사로잡혔지

쇼핑몰을 몇 번이나 뒤져도 딸의 모습을 찾을 수 없어 좌절
한 내가 더는 걸을 수도 없이 기진하여 난간을 부여잡고 한
숨을 내쉬고 있을 때 방송이 들려왔어

딸아이 이름을 말하며 입구 소비자 센터에 보호하고 있다는 안내였는데

그때 내가 느낀 안도의 감정은 이루 표현할 수 없는 기쁨이며 감사였어

나는 곧장 소비자 센터로 달려갔고 직원들 사이에서 해맑게 웃고 있는 딸의 모습을 발견했지

그때 나는 자식을 영원히 잃어버릴지 모른다는 두려움보다 고통스러운 절망감은 없다고 생각했어

거의 매일 휴대 전화를 울리는 문자 중 하나는 잃어버린 가족을 찾는 내용인데

무슨 사연이 있든 가족들 마음속 두려움과 걱정을 표현할 적절한 단어는 존재하지 않을 것을 알기에

지금은 길에서 만나 스쳐 지나가는 사람에게 관심을 두지 않았던 내가 거리를 헤매는 사람이 없는지 유심히 관찰하는 습관이 생겼다.

가을바람

늦은 밤

양쪽으로 열어 둔 창문으로 거침없이 가을바람이 지나가네

여름 습기가 남아 있지 않은 청량하고 신선한 바람이 지친 마음을 어루만져 주었어

잠 못 이루고 침실을 박차고 나와 지나가는 가을바람과 반갑게 인사를 나누었네

가을바람은 이제 막 여행을 시작했다고 조용히 속삭이듯 너도 떠나고 싶으냐고 나에게 물었지

어디로 나를 데려갈 거냐고 물었지만 사실 궁금하지도 않았네

어딘가 홀로 쓸쓸히 고독을 만날 수 있는 거리가 있다면 이 밤이 새도록 가을바람과 동행하고 싶었거든.

선택 의지

마음의 빗장을 열었어
그대를 사랑하기 위해

실망했지만 결심했어
그대들의 허물을 용서하기로

신념이 중요했어
부조리한 세상을 향해 정의의 수호자가 되려고

믿음을 선택했어
하나님께 나아가는 신앙의 길을 벗어나지 않기로

내면의 변화를 받아들였어
인생의 목적을 배우고 깨달으며 의로운 실천을 위해

선택 의지는 자유로운 판단과 선택으로

결과에 순응하여 오직 나만이 책임지는 특권이자 권리이

기에.

사랑했던 행복감

그대와 헤어지고 난 후
오랜 세월 그리워하며

시간이 흐르고 흘러
지독했던 아픔도 희미해지고

어느 날 문득 그대 모습을 떠올려
정겨웠던 향기까지 망각 저편으로 사라졌어도

그대를 사랑했던 행복감은
영혼 깊이 새겨져 있네.

우물 안에서

비가 내리면 내리는 대로
눈이 내리면 내리는 대로
구름이 가득하면 세상 전부를 덮은 듯 어두웠고
파란 하늘이 거기 보이면 구름 한 점 없는 세상이 희망으로
가득했어

들려오는 온갖 소리는 메아리 진동처럼 현실적이지 않았고
음침하고 축축한 공기는 몸과 마음을 떨게 만드는 한기가
느껴져도
그것만이 내 세상의 전부였지

몹시 우울했고
몹시 슬펐고
몹시 불안했고
몹시 절망적이었고
그래도 그게 내 운명이라 믿었지

어느 날
우물을 떠날 결심을 했고
사다리가 내려지길 기다리며 반평생을 보냈지

그러다 기다림에 지친 내가 직접 사다리를 놓았어
언제나 내가 할 수 있는 일이었는데 두려워 회피하던 탈출
을 감행했지
그렇게 우물을 떠나고 보니 무한의 우주가 보이고 무한의
진보가 보이기 시작했어.

불치병

의사는 수술이 필요하다고 했고
환자는 그냥 죽음을 맞이하고 싶었어

가족은 병원에 입원해 치료를 계속하라 했고
환자는 가족과 일상적인 삶을 누리고 싶어 했지

친구들은 의사와 가족의 의견을 지지했고
환자는 언젠가 죽어야 할 인간의 운명에 순응하는 삶을 받
아들였어

주변 사람들은 모두 하루라도 생명을 연장해야 한다고 주
장했고
환자는 감당할 수 없는 고통의 순간이 멈추기만을 기도하
고 있었어

영혼의 노래

사랑하는 사람들은 더 오래 세상에 남아 있어야 한다고 믿
었지만
환자는 인생이 영원의 길에서 그저 호흡 한 번에 지나지 않
음을 알고 죽음으로 새로운 시작으로 나아가길 바랐어.

진정한 가족

진정한 가족이 될 수 있는 건

낳아 먹이고 입혔다는 의무를 다한 부모 입장만이 아니고

법적으로 부부가 되었다는 사회적 인정만이 아니고

혈육으로 형성된 형제의 우애만이 아니고

배우자의 부모가 부리는 막강한 권세의 전통적 관습만이

아니고

이기적인 자신만의 주장을 양보하고

인간적 존중이 바탕에 깔린 조심스러운 배려의 미덕과

자신처럼 구성원이 선택 의지를 자유롭게 사용할 수 있도

록 권리를 인정하고

실수와 잘못을 용서하고 용서하기를 계속하며

우주를 아우르는 사랑으로 오직 사랑하기를 선택할 수 있

을 때 가능하지요.

영혼의 노래

친선 마라톤

인생 처음이자 마지막으로 참가했던 친선 마라톤
인간적 한계를 증명하듯이 인내를 시험받았지

속력은 제각기 달랐어도 뜀박질의 고통에서 자유로운 이가
없었고
극한의 절망감에 좌초될 위기를 겪지 않는 이가 없었어

인생에서 만나는 커다란 시련에 비교될 만큼
연약한 자신이 감당하고 해낼 수 있을 거라는 희망이 보이
지 않았어

폐가 산산조각이 날 정도로 뜨거운 열기로 뿜어내는 호흡
은 거칠었고
심장은 곧 멈춰 버릴 듯 무섭게 뛰었으며 다리에는 전혀 감
각이 없었어

중간에 갓길에 앉거나 천천히 걸으며 호흡을 조절하기도
하고
아예 마라톤 길을 이탈해 어딘가로 종적을 감추는 사람들
이 속출했지

더는 감당할 수 없는 고통에 포기하는 사람들의 하나가 되
려고 결심했을 때
결승점이 눈에 들어왔고 마치 구름 위를 밟는 느낌이 들면
서 깊은 안도감에 행복했어

아지랑이가 피어오르는 아스팔트 길은 그 끝이 보이지 않았
기에
결코 끝이 올 것 같지 않았기에 마음도 몸도 그렇게 지치고
힘들었다는 사실을 깨달았지

고해와 같은 인생에서 바라볼 수 없었던 결승점이
그래도 저기 어딘가에 존재한다는 것을 믿는 게 유일한 인
간의 희망이야.

영혼의 노래

우리는

우리의 만남이
최선이 아닌 최악일 수도 있어
실패하는 과정을 인내할 수 없다면

우리의 사랑이
어느 순간 원망과 증오로 바뀔 수도 있어
항상 용서하고 그리스도적 사랑을 거듭날 수 없다면

우리의 결혼이
영원한 약속으로 승화되지 못할 수도 있어
결점을 인정하고 스스로 변화되지 않는다면

우리의 모든 노력이
허무로 끝날 수도 있어
진리에서 얻은 옳은 교훈이 없다면

우리의 인생이

의도했던 대로 흘러가지 못하고 영영 길을 잃을 수도 있어

매혹적인 유혹에 미혹되지 않을 공의로운 의지가 없다면.

약속할 수 없는 것들

아이가 태어났을 때

언제나 바람직하고 옳은 부모가 되어 주리라는 약속

친구를 사귀었을 때

어떤 경우에도 우정을 배신하지 않으리란 약속

거래가 성사되었을 때

양심에 따라 불이익 앞에서도 계약을 이행하겠다는 약속

동료애로 집단의 하나가 되었을 때

인간적 도리와 윤리의식으로 정의로운 일만 행하겠다는

약속

사랑하는 사람을 만났을 때

평생과 영원토록 오직 당신만을 사랑하겠다는 약속

인간은 그저 노력하는 존재이지, 약속을 전부 완벽하게 이행하기는 어려운 존재이기에.

감사해야 할 것들

오늘 하루를 시작할 수 있다는 사실
오늘 필요한 양식이 준비되어 있다는 사실
오늘 피곤한 몸을 누일 거처가 있다는 사실

전쟁의 포화 속에서 피난처를 찾아 헤매지 않아도 되고
지진이나 화산의 분화와 같은 감당하기 어려운 자연재해 피
해도 없고
악인들의 표적이 되어 괴롭힘을 당할 이유도 없고

인생을 통해 지식을 배우고
경험을 통해 깨달음을 얻고
실천을 통해 영원한 진보를 희망할 수 있고

무엇보다 그대를 만나 함께할 수 있는 현실을.

그대와 함께라면

어제도 슬픔 속에 위로받았고
오늘도 슬픔 속에 위로받으며
내일도 슬픔 속에 위로받을 거야

어제도 고독 속에 웃었고
오늘도 고독 속에 웃고
내일도 고독 속에 웃을 거야

어제도 깊이 사랑했고
오늘도 깊이 사랑하고
내일도 깊이 사랑할 거야

인생의 나날은 언제나 그랬고 그렇고 또 그럴 것이지만
그대와 함께라면 슬픔 속에 위로받고 고독 속에 웃으며 깊
이 사랑할 거야.

약속

그대는 나의 유골을 강물에 산에 들판에 뿌리고
나를 따라 올 것이라 말했지

나보다 삼 일만 더 살고 싶어
소망하고 기도하고 있다고

그러나 그대를 사랑하는 남겨진 사람들을 위해
좀 더 세상에 머물러 주길 나는 기도해

영원한 안식처에서 그대가 아닌
내가 기다릴 수 있도록

이 약속만 지켜 줘요, 그대
나의 죽음을 지켜 주리라는 약속.

최선을 다한 거면 돼

결과가 아주 초라하고 부족할지라도
나는 내가 할 수 있는 만큼 최선을 다했고

너와의 사랑을 지키려고
내가 가졌다고 믿었던 전부를 잃었어도 조금도 후회하지 않
았어

너에게 바라는 한 가지는
네가 할 수 있는 만큼 최선을 다한 거면 돼

그 최선이 이별이면
나는 너의 최선에 긍정적인 답을 해줄 것이고

그 최선이 영원한 동행이면
나는 내 최선까지 더하여 네 옆을 지킬 거야.

잠 못 이루는 밤

수면제의 도움이 없으면 잠을 이루지 못해
때론 수면제의 도움도 소용이 없지

왜 이렇게 잠 못 이루는 밤이 늘어만 가는지를
아주 많이 고민하고 연구하고 생각했어

오늘이 지나면 통한의 세월 동안 쌓여 있던
후회하고 반성할 일들을 혹시 놓칠까 두렵고

이미 해결되어 망각 속으로 사라져야 할 것들조차
늙은 기억이 현실처럼 되살려 상상으로 다른 삶을 꿈꾸게
하고

이렇게 잊힌 듯했던 인생의 회한들이
추억이라는 생명력으로 끝없이 되살아난다는 것은

아직도 무슨 미련이 남아 마지막 생을 두려워하고
삶의 연장선상에서 희망을 발견하려는 몸부림인지 알 수가
없네.

영원한 존재

인생은 한 번의 호흡인데
영원한 삶이 보장된 존재감은 무한 우주와 함께 가지

아름답게 혹은 추악한 모습 그대로 영원을 살아갈 인간에게
한 번의 호흡과 같은 인생은 짧기만 하고

순간마다 선택해야 하는 자유 의지의 권리는
돌이킬 수 없는 오류를 남길 수도 있어 누구에게나 어려운
숙제인데

기회의 시간은 준비의 시간을 대신하고
가 버린 과거는 그저 기억으로만 되찾을 수 있을 뿐이지

힘들어도 오늘 극복하지 못한 욕망은
영원한 후회로 남을 절망이고 슬픔이라네.

사랑의 방식

타인에게 바라고 요구만 하는 사람은
자기애가 강한 이기적 사랑의 소유자로
오직 자신에게만 베풀고

받기보다 내어 주기를 행복해하는 사람은
이타적 사랑을 실천하는 사람으로
자신의 양보와 배려로 타인의 평안을 바라지

내리사랑은 마치 위에서 물이 흐르듯
자연의 순리를 따르는 아름다운 질서이고

밑으로부터 공경과 사랑만 받고자 하면
아래에서 위로 물을 퍼 올리려면 에너지 소모가 극심한
펌프가 필요하듯 힘이 들지

나만을 위해 세상을 이용하는 방법도 있고
나를 지키면서 타인도 지키며 사랑하는 방식도 있는데
신의 섭리는 어떤 사랑에 손을 들어 주려나.

캠핑

당뇨 합병증인
발바닥과 발가락에 심한 열감으로
선잠이 깼을 때 고요한 어둠 속에서 이야기가 들려

가을 풀벌레는
밤새 찌릿 찌르르 찌르르
목청껏 생을 찬미하고

힘찬 계곡 물소리가
생명력으로 깊어 가는 밤의 적막을 깨우면

조용히 서리 내리는 밤
이슬로 생기를 얻은 온갖 생명들이 모여
벌이는 한바탕 축제의 합창 소리에 귀를 기울일 수밖에.

여행

나를 만나고 싶은데
일상에서는 만나지지 않았어

나를 알고 싶은데
현실에서 어디쯤 서 있는지 알 수가 없었어

그래서 집을 벗어나 낯선 곳으로 갔지

그곳에서
심신의 휴식을 취했고
나를 이해했고 나다운 나를 만날 수 있었어

다시 일상인 현실로 되돌아왔는데
어느 길에 두고 왔는지
마음을 잃어버렸네.

사랑할 수 있어 행복했소

사랑받았을 거야
아마도 태어나 인형처럼 어여쁜 아기였을 때에는

자아가 성장하던 시기에는
폭언과 무관심 속에 사랑을 갈구했지

사랑할 수 있는 사람인 줄 모를 만큼
사랑을 알지 못했고 어디에서도 발견할 수 없었어

하나님의 사랑을 깨닫지 못했다면
나를 비롯해 그 누구도 사랑할 줄 몰랐을 텐데

그대를 알지 못했다면
무한히 사랑할 능력이 내 안에 잠재된 줄 몰랐을 텐데

영혼의 노래

그대가 곁을 지켜 주지 않아도

이제는 추억만으로도 충분히 행복한 것은

사랑할 수 있어

행복했기 때문이라오.

거리에서

네가 없는 너와 함께 걸었던 길에 서 있어
불어오는 바람조차 그때처럼 청량하고
어렴풋한 기억의 어둠 속 낭만도 그대로인데
오직 너의 모습만이 아득하고 희미해

너는 한 마디 인사도 없이
조용히 가 버렸고 연락조차 없었어

나를 잊은 것인지
나를 너의 삶에서 내보낸 것인지
나를 다시 찾을 수 없는 다른 이유가 있는지

나는 너와 함께 걸었던 길 위에서
어디로 나아가야 할지 몰라 방황하며
이렇게 마냥 기다려야 하는지
영원히 기억 저편으로 숨겨야 하는지 망설이고

이 거리를 벗어나 아주 멀리 가 버리고 싶은데

언제든 다시 돌아올 수밖에 없는 것은

아직도 네 마음의 향기가 남아 있기 때문이야.

감사해야 할 것들

잔인한 운명에 존재의 포기를 고민했지만
그래도 끝까지 부여된 운명에 순응할 수 있었던 것을

존재의 가치와 인생의 의미를
끝내 깨닫지 못할까를 두려워했지만
진리를 찾아 배움을 얻을 수 있었던 것을

사랑하고 사랑받을 수 없을 것 같아
슬픔 중에 깊은 고독감으로 괴로웠지만
지난 세월 충분히 위로받을 수 있었던 것을

배운 진리를 깨달음으로 승화시켜
참다운 실천으로 진보할 수 있도록
신의 손길 안에서 안전할 수 있었던 것을

옳은 일을 선택하고 당당히 책임질 수 있도록
불가항력의 불의와 타협하지 않을 수 있었던
축복의 순간들이 허락된 것을

인간으로서 인간답게
삶을 영위하고 자유로운 선택 의지로
추락하지 않을 수 있을 만큼의 시련으로 시험받은 것을

언제나 절망으로 힘들었지만
희망을 잃지 않을 수 있도록
용기 있는 담대함을 은사로 부여받은 것을

마지막으로
감사할 것들이 많은 인생을 살아올 수 있었던
소중하고 의미 있었던 세월을 감사합니다.

함께 걸어온 길

감당하기 벅찬 고난 중에
도망치지 않았어

하늘이 무너질 듯 커다란 슬픔 중에
숨지 않았고

비난할 수도 있는 난감한 문제 중에
탓을 돌리지 않았어

삶의 무거운 의무감 앞에서
비굴하지 않았고

이유도 모르는 우울한 감성 중에
외면하지 않았어

권태로움이 현실을 부정하는 중에

포기하지 않았고

헤어질 결심이 필요한 중에

사랑을 확인했지

이렇듯 그대와 함께 걸어온 인생이

너무나도 아름답고 소중해.

해결될 수 있으리란 희망

깊어진 겨울 강원도 여행 중에
급경사 언덕에서 눈 폭풍을 만났지

모든 빛을 흡수해 버린 어둠 속 눈발에
한 치 앞도 분간하기 어렵고

미끄러지는 자동차가 뒤에 간신히 버티고 있는
다른 자동차를 덮칠까 두려워

모두 밖으로 나와 바퀴에 체인을 감느라
희미하게 아른거리는 사람들 움직임이 춤을 추는 듯했지

벗어날 수 없을 것 같은 불안감에
허기진 배를 움켜쥐고 어린 딸이 남편이 내가
그런 급박한 상황을 모험처럼 즐기고 있었어

그래도 해결될 수 있으리란 희망이 있었기에
그곳에 모든 사람이 공포로 무너지지 않았어

위험했던 언덕을 벗어나는데
아주 오랜 시간이 필요했는데 곧 따뜻한 식당에서
김이 모락거리는 맛있는 음식을 먹으며 웃고 떠들었어

인생에서 수도 없이 눈 폭풍을 만났는데
그럴 때마다 그래도 해결될 수 있으리란 희망을 놓지 않으면
시련도 즐길 수 있을 거라는 교훈이 남겨졌지.

나다운 삶

어디든 가고 싶을 때 자유롭게 떠나
편안히 자연과 교감하고

가장 순수하고 진실한 사랑으로
소중한 사람들을 지키며

양심을 지키면서 정직한 땀방울로도
인간다운 삶을 영위하고

비교할 필요 없는 나만의 방식으로 글을 쓰고
세상 인정에 흔들리지 않는 작품을 집필하고

마음으로 베풀기에 진심이고
상대의 반응과 상관없는 용서를 하고

자유롭게 선택 의지를 사용하고
이에 당당히 책임을 지며

홀로서기를 두려워 않으면서도
타인의 고통을 공감하기에 최선을 다하고

세상이 인정하는 학위에 뜻을 두지 않으나
어느 순간에도 배움을 게을리하지 않으며

그 어떤 두려움이나 불의한 타협 없이
진리를 수호하면서 오늘을 살아내는 게 나다운 삶이라네.

우주를 담을 그릇

작은 돌멩이에도 걸려 넘어지고

거센 바람에 날려 가고

작은 파도에도 삼켜지고

슬픔을 못 이겨 울고

고독에 우울하고

두려움에 떨고

후회에 아프고

실수에 좌절하고

시련에 절망하고

실패에 무너지고

욕망에 매이고

그런데 내가 우주를 담을 그릇이 될 수 있대.

하늘의 선물

아름다운 그대의 마음이
닮고 싶은 모범이 되었고

따뜻한 그대의 감성이
차갑던 심장을 녹여 주었으며

지혜로운 그대의 태도가
경솔한 나를 신중하게 만들었고

너그럽게 용서하는 그대의 관용이
내 마음속 칼날을 내려놓게 했으며

성실한 그대의 노력이
허황된 욕망에서 벗어나게 했고

삶을 사랑하는 진실한 그대의 마음이

죽음에서 삶으로 나를 구했으며

책임감으로 무장한 그대의 의리가

오늘의 삶을 지켜 주고 있기에

그대는 내게 하늘의 선물입니다.

영혼의 노래

별

어릴 적에는
수많은 하늘의 별들이 무거워
금방이라도 쏟아져 머리 위로 부서질 것만 같았어

한껏 목을 세우고
별들을 세면서 손으로 따서 주머니에 넣었어

별 하나마다 꿈이 하나씩 더해져
내가 별이 되고
별이 내가 되었지

별이 된 내가
지구를 벗어나 멀리 우주를 날아다녔고

밤이 늦도록
자유롭게 별과 하나 되어 행복의 날개를 폈어

세월이 흐르고

도시의 하늘에서는 별을 찾아보기 어려워졌고

늙어 가는 고단한 마음에도 꿈이 보이지 않았네.

마음에 불편함이 없었더라면

마음에 불편함이 없었더라면
그대가 친구들 앞에서 농담처럼 장난치던 유희에
도망쳐 숨고 싶을 만큼 부끄럽지 않았을 텐데

마음에 불편함이 없었더라면
그대가 무심코 지나친 외면에
하늘이 무너질 듯 외롭지 않았을 텐데

마음에 불편함이 없었더라면
사랑한다는 말을, 잊은 그대의 무심한 태도에
처절한 절망감으로 몸서리치진 않았을 텐데

마음에 불편함이 없었더라면
도움의 손길을 회피한 그대의 급박한 사정에도
몰이해로 분노하지 않았을 텐데

마음에 불편함이 없었더라면
심하게 다투었다고
영원한 이별을 두려워하지 않았을 텐데

그대에게서 비롯된 이 마음의 불편함은
언제 어디에서 이렇게 깊어졌는지 아시나요?

영혼의 노래

알 수가 없네요

무언가 막연히 그리울 때가 있습니다

그게 사랑하는 사람인지

오랫동안 만나지 못한 친구인지

여행지에서의 거리 풍경인지

노을 지는 바닷가의 해 질 녘인지

감미로운 오 월의 산들바람인지

늦가을 퇴색한 낙엽의 향기인지

나른한 낮잠을 부르던 봄볕인지

누군가의 웃음소리인지

혹은 울음소리인지 알 수가 없네요

이미 외로운데 더 고독해지고 싶고

이미 즐거운데 더 행복하고 싶고

이미 눈가가 눈물로 촉촉한데 더 처절하게 울고 싶습니다

가고 있으면서 마냥 더 나아가고 싶고
그리운 이를 보고 있는데 마냥 더 보고 싶고
사랑하는 마음이 터질 듯한데 더 사랑하고 싶습니다

사람 마음이 이렇듯 알 수 없으니
이 그리움이 어디에 닿아 있는지 알 수가 없네요.

인생의 외로운 길에서

인생의 외로운 길에서 옛 친구를 만났네
반갑지만은 않은 감정의 앙금이
과거 자화상이 부끄러웠지

인생의 외로운 길에서 옛사랑을 만났네
아리고 아픈 상처가
아직도 끝이 아닌 고통의 여운으로 슬펐지

인생의 외로운 길에서 옛 기억을 만났네
되돌리고 싶은 후회의 안타까움이
시간에 갇힌 굴레의 한계가 한탄스러웠지

인생의 외로운 길에서 옛 추억을 만났네
행복인 줄 모르고 무겁게만 느껴졌던 모성의 특권이
지독히도 애끓는 그리움으로 남았지

인생의 외로운 길에서 옛 영광을 만났네

오만으로 영원한 줄 믿었던 착각이

덧없는 허무로 허탈한 교훈만 남았지.

사랑하고 있었나 보다

그대를 처음 보았을 때부터
특별한 감정이 생겼었나 보다
다른 여자와 다정하게 손을 잡고 걸어갈 때
그 모습을 지켜보는 게 불편했다

그대를 친구로 만났을 때부터
그대를 소유하고 싶다는 욕심이 생겼었나 보다
우정을 나누는 다른 친구들 속에서
나만이 차별화된 유일한 존재이길 바랐다

다른 이성의 접근이 불안하기 시작했을 때부터
그대를 향한 감정이 깊어졌나 보다
선뜻 다가와 나를 갈망하는 눈빛을 보여주지 않는
그대가 서운하고 원망스러웠다

영원히 사랑해 갈 수 있는 누군가의 청혼을 기다릴 때부터
그대를 염두에 두었나 보다
영원히 나와 함께하고 싶다며 내민 그대의 손을
행복하게 잡으며 환희의 눈물을 흘렸다.

짝사랑

그대가 보고 싶은데
만나러 갈 수 없어 그리움으로 마음이 타들어 가요

그대와 인사를 나누고 싶은데
반기지 않을 것 같은 두려움에 머뭇거려요

그대와 오래 대화하고 싶은데
공통의 관심사를 찾지 못해 안타까워요

그대를 사랑하는데
그대와 사람들 조롱이 무서워 감추고 숨기느라 괴로워요

그대와 함께 영원으로 나아가고 싶은데
그대의 동반자로 옆에 설 수 없는 초라함이 서글퍼요.

공원에서

바람이 불어 마른 갈대들이 흔들리는데
시간은 멈춰진 것만 같다
갯벌 경사진 둔덕 위로 탐스럽게
살이 오른 철새들은
햇살 바라기에 미동도 없다
봄이 오고 있다
제법 싸늘한 바람에도 꽃들은
세상을 향해 환한 미소를 던져 준다
구름 한 점 없는 하늘에서 햇살은
따사롭게 내리쬐고
바람에 몸을 맡긴 연들이 경쟁하듯
춤사위를 뽐낸다
사람들의 맑은 웃음소리가
새들의 노랫소리와 어우러져
평화로운 이 순간을 만들어 낸다
얼어붙은 겨울 동안 자연은 온갖 빛깔을 벗고
회색빛 우울 속에서도 준비하고 있었다

칼바람에도 새싹을 내어 앙상한 가지에 청초한 초록을 입히고

어린 꽃잎은 아름다운 빛깔로 채색하여

향긋한 내음을 바람에 실어 멀리멀리 날아가며

온갖 생명체들의 성급한 봄맞이에 희망을 안겨준다

길고 긴 인내의 시간을 참고 기다리는 모두에게 다시 돌아오리라는 약속을 지킨다

그런 모든 노력이 신의 섭리이며 사랑이라고 부드러운 몸짓으로 속삭인다.

말하지 않아도

그대를 분명 사랑하는데
나눈 이야기가 없고
함께 걸었던 길이 없고
공감했던 슬픔이 없고
공유했던 기쁨이 없고
손을 잡아 본 적이 없고

그윽한 눈빛으로 마주 본 적이 없고
따뜻한 위로의 포옹을 나눈 적이 없고
정겨운 대화를 나눈 적이 없고
함께 가치관을 공유한 적이 없고
연인처럼 사랑을 속삭인 적이 없네요.

그런데 나는 그대의 사랑을 느낍니다
그대도 내 사랑이 느껴지나요?

지나간 인연

인생에서 숱한 인연들이 바람처럼 지나가면서 때론 미련을 남기기도 하지만
지난 인연이 운명이라면 현재까지도 함께할 것이지만 지나간 것은 지나간 대로 두는 게 좋아요

사람은 세월을 지나며 과거 순수성을 많이 잃어버리고 마음도 외모도 변화하기에
순간의 감정도 과거와 같을 수가 없고 열렬히 사랑했던 마음조차 탈색되어 버렸을지도 모르지요

지난 인연이 아쉬울 만큼 그리워도 아름다운 추억으로 간직하면 좋은 이유는
현실은 많은 꿈을 무너지게 만들고 그때 그 순간에만 각인되어 영원성을 지니는 찬란한 행복에 있어요.

그대가 있어

세상이 요동치는 전쟁통 같았는데
작은 흙바닥에서도 비가 내려 주고 햇볕이 깃들면
보드라운 꽃잎에 세상 가장 아름다운 색을 머금은 향긋한
향기가 풍기듯이

운명의 모양이 참혹하고도 초라한 줄만 알았는데
그대의 따뜻한 손길과 사랑이 깃들어
근심 걱정 없는 함박웃음이 가능하고 희망찬 행복감에 젖
어 살아 있음을 감사할 수 있었지.

나 홀로

나 홀로 길을 떠나며
나를 찾지 말라고 부탁했지
낮에는 들꽃이 무성한 길을 걸었고
밤이 되면 어둠을 밝히는 별을 세었어

밤마다 쏟아지는 별빛에 절망과 고독을 씻어내고
태양 아래 향긋한 꽃향기 향수로 마음의 슬픔과 시름을 씻
어냈지

목적지도 없었고
나아갈 방향도 정하지 않았고
언제쯤 멈출지 계획도 하지 않았어

그렇게 나 홀로 세상을 떠돌며
현실로부터 달아나고 도망치고 숨었어

그러다 어느 날

몹시 지친 나그네의 길에서 하나의 소망을 발견했지

사랑하는 사람이 나를 찾아 다시 집으로 데려가 주기를.

영혼의 노래

홀로서기

처음 그대는 달콤한 설렘과 뜨거운 정열을 선사하더니

때로는 상처받은 마음으로 남몰래 눈물로 지새우는 불면의
밤의 이유가 되고
때로는 순수한 동심의 아이처럼 천진한 함박웃음을 짓게
하며

때로는 잃어버릴까를 두려워 불안을 영혼 깊이 심고
때로는 넓고 따뜻한 가슴으로 품어 주어 안도와 평안을 허
락하며

때로는 실망과 숱한 좌절감의 원인이 되고
때로는 기대감에 부푼 희망으로 축복하며

때로는 냉정한 타인의 시선으로 버려진 고아처럼 느끼게 하고
때로는 수호천사처럼 든든한 버팀목이 되었지

이제는 알아

의존적인 나약한 마음이 문제라는 걸

나 홀로 잘 서 있는 내가 언제나 홀로 잘 서 있는 그대와 만

나야 한다는 걸.

어느 시인

오늘 간신히 한 편의 시를 썼어
며칠 동안 아무런 영감도 없었지
세상사로 정신이 없었는데
일상의 삶 속에서는 시를 찾을 수 없었어

슬픔으로도 가능하고
기쁨으로도 가능하고
불행 중에도 가능하고
행복한 중에도 가능한 게 시이고

아름다운 언어로 영혼의 이야기를 써내야 하는데
오늘은 불의한 감정으로 분노가 폭발했고
마음은 어딘가 모를 미지의 세계로 여행을 떠난 듯해
다시 돌아오지 않을까 근심이 가득한 밤이지

세상 모든 언어가 하늘의 별빛 같고

사람 마음을 언어로 표현할 수 있다는 게 신비로워

그래도 영혼의 진실을 다 표현할 수는 없지

언어로 얻는 자유와 언어로는 얻을 수 없는 속박이 교차하

는 그곳에 어느 시인이 있었어.

한계

어른이 되면 무거운 의무들이 더해지고
세월을 따라 작고 큰 사명들이 다시 더해지고
그렇게 더해지고 더해지는 책임이 쌓여 가는 게 인생인가
싶었지

어떤 일들은 가벼워지기도 하고
어떤 일들은 무거워지기도 하지만
여전히 숱한 의무감을 온 마음의 의지와 노력과 인내로 버
티고 있는데

어느 날 나비 한 마리가 날아들어 어깨 위에 앉았고
깃털처럼 가벼운 무게로도 지금까지 지탱한 모두를 무너뜨
렸지
거기까지가 한계였기에.

의문

세상에서 홀로서기에 성공한 외로운 구도자가 깊은 산속 현자를 찾아갔지

"인생에서 가장 가치 있는 일은 무엇입니까?"

"그것은 나누는 일이네. 자네 재능과 소유, 그리고 진실한 마음을 다른 사람과 나누시게. 그러면 자네는 존재할 가치를 찾을 수 있을 것이네."

다시 묻기를

"영원히 행복해지는 일은 무엇입니까?"

"그것은 용서하는 일이네. 자네 형제의 허물을 용서하고 용서하면 영혼에 평안이 깃들게 되며 자신의 허물도 용서받게 된다네. 자네 안에 깃든 평안은 자네를 자유롭게 할 것이고, 자네는 진정으로 행복할 것이네."

구도자가 다시 묻기를

"영혼의 구원은 무엇으로 가능할까요?"

"그것은 사랑하는 것이네. 우주를 다스리는 신은 사랑으로 질서를 유지하시지. 사랑의 질서가 아니면 우주는 혼돈 속에서 멸망했을 것이네. 이 지구는 우주의 일부분, 오직 사랑으로 채워져야 할 공간이지. 사랑만이 구원에 이를 수 있는 유일한 길이니 그 길을 따라 자네 인생을 완성하면 비로소 도달할 것이네."

그러자 구도자는 현자의 눈을 쳐다보며 마지막 말을 남기고 떠났어
"모든 말씀이 사람들 속에서 행하고 지켜야 할 도리인데 어째서 현자님은 홀로 이 깊은 숲속에 은둔하고 계십니까? 저는 스스로 이방인이 되었지만, 이제는 사람들에게 나아가려 합니다."

신뢰

인간관계에서 신뢰가 무너지는 건
제방에 구멍이 생기는 것과 같아

처음 작은 구멍들은 손과 발로 막을 수 있을지도
그러나 아무리 작아도 너무 많은 구멍이 뚫리면 감당이 어렵지

처음부터 너무 큰 구멍이 뚫리면 막을 방법이 없기도 하고
무너진 제방은 막아 놓은 물길을 내어 어딘지 모를 곳으로 휩쓸어 가지

서로 함께 노력으로 쌓은 신뢰는 진실한 마음과 지극한 정성으로 지켜야 하는데
불신과 배신이라는 구멍이 뚫리기 시작하면 아무리 견고한 관계도 무너져 버리고 말지.

망각

이유 없는 고통은 없어
고통 없는 이유는 있지

오늘 밤늦도록 잠 못 이루는 것은
살아 있는 게 고통스러운 이유인데

태양이 다시 떠오르면
왜 괴로웠는지 이유를 묻지 않아

그래서 어둠 속에서 고통 속에 몸부림치던 존재가
빛을 받아 다시 삶을 시작하고 또 이어가고

인생은 계속되고
아픈 기억조차 아련해질 때쯤에는
고통 없는 이유를 알게 되지.

아름다운 광경

미국에서

집 근처 코스트코에 가면

입구에 회원증을 확인하는 젊은 여자는 휠체어에 앉아

오직 오른손 하나만을 사용할 수 있는 장애인이었고

매장 안으로 들어서면 80대의 노인들이 음료수 시음을 맡고 있어

계산대로 오면 지적 장애인이 계산하는 곳만 길게 정체된 줄을 볼 수 있지만

누구도 불평하거나 조급해하지 않고 지적 장애인의 노력을 기다려 주지

어느 마트에는 카트를 밀어 주차장까지 안내하고 짐을 실어 주는 노인분들의 서비스를 받는데

저들의 열의의 찬 수고를 거절하면 직장을 잃게 되니 고객들은 기꺼운 마음으로 즐기고

교육청과 같은 공무원 중에는 퇴직했다가 다시 복귀한 어르신들이 많은데

표정에는 온화하고 일하는 즐거움에 흠뻑 젖어 있는 미소
로 가득하지
어떤 일이든 하고자 하는 마음이 있고 기꺼이 감당할 수 있
는 사람에게 언제든 기회를 부여하는 세상이 너무나도 아
름다워 가슴 따뜻한 감동은 영원히 잊을 수 없는 추억이 되
었지.

착각

그 사람이 나를 편견의 마음으로 외면하는 줄 알았어
내가 그 사람을 의심하여 조심하려고 회피하고 있었는데

그 사람이 나를 판단하고 비난하는 줄 의심했어
내가 짐작만으로 증거도 없이 오해하고는

그 사람이 나를 해칠 수 있을 거라는 두려움에 불안했어
도리어 나의 분노에 상처받아 굳어 버린 줄도 모르고

그 사람이 나를 싫어하고 미워할 것이라 확신했어
이미 무심한 나의 냉담한 태도에 상처받고 있었는데

그 사람이 정직하지 못한 사람이라고 판단했어
나의 독단적인 태도에 어떻게 반응할지 모르고 있었을 뿐
인데

그 사람이 늘 부족하고 못난 사람이라고 믿었어

오만과 드높은 교만으로 내 눈 안의 들보를 보지 못했기에.

지금 가려는 길은

어떨 때는 너무 많은 갈래 길에서
혼란과 갈등으로 선택을 주저하고 근심했어

지금은 오직 두 갈래의 길이 놓여 있어
그대 곁에서 천진하게 웃으며 마음 편히 머무는 길과
온갖 판단과 편견에 맞서느라 지치겠지만 홀로 나아가는 길

어떤 선택도 후회가 남을 거야
어떤 길도 뒤돌아보게 될 거고

두 갈래 길이 시작되는 지점에서
조금이라도 덜 후회할 길을 선택하려고 고민하는 건
인생의 시간은 제한되어 있고 선택한 길에서 뒤돌아 올 기
회가 없음을 알기 때문이지.

마음 실수

언제나 이해심 깊고
나눔을 실천하시는 어르신을 알아

암 투병으로 지친 그분의 집을 방문한 적이 있었어
언제나 단정하고 근사하게 집을 관리했는데
그날은 온 살림살이가 어지럽게 널려 있었고
나는 이사 하는 중이냐고 실언하고 말았어

내내 마음이 무거웠지만 정식 사과도 못했는데
몸이 아파 돌보지 못해 엉망이 된 집안 풍경을 보면서
더 늦기 전에 미안하다고 사과할 결심이었지

표면적으로는 경솔한 말 한 마디의 실수 같았지만
사실은 공감하지 못하고 배려하지 못한 마음 실수로
누군가에게 상처를 입히는 사람들을 심판하고 있었던
부끄러운 자화상이 바로 나였다는 걸 깨달았지.

비밀

진실이 아무리 추악하고 수치스러워도
바로 거기에서 시작하지 않으면 아무것도 달라지지 않아

영원히 감추고 숨길 수 없는 진실을 두려워하면
속박에서 놓여날 수 없는 것을

비밀을 간직하고 자유로운 사람이 없고
자유롭지 못한 사람은 행복할 수도 없다네.

영혼의 노래

자유

내가 그대 곁에 머물면서도 자유로울 수 있다면
그건 그대가 나를 존중한다는 의미이고
따뜻하고 신중히 배려하려는 그대의 노력이지

그대가 내 곁을 지키면서도 자유로울 수 있다면
그건 내가 그대를 위해 날개를 달아 주었다는 의미이고
언제든 자유롭게 떠나가도 지지하고 격려하겠다는 나의 의
지이지.

어리석은 선택

좋은 환경에서는 부모의 지원과 격려로
좋지 않은 환경이라도 운명의 기회를 놓치지 않고 시련을
이겨내는 의지로
사람마다 포기하지만 않으면 성공할 수 있는 삶도 있는데

운명을 탓하고
사람을 탓하고
세상을 탓하며

포기하고 도망만 다닌 결과는
후회와 회한
그리고 자책감.

이름 없는 사람

세상이 알고
미래 후손들이 칭송할 위대한 영웅도 아니고
극악무도한 죄악으로 시대를 두려움에 떨게 한 악명 높은
악인도 아닌

너무 평범해서 이웃조차 이름을 기억하지 못하고
아버지에게는 외면을 당하고 오직 연민으로 돌보는 어머니
만이
존재감을 알아주는 외모도 능력도 발전 가능성조차 없는
남자

나라를 지키라고 군대에 소집이 되어 살벌한 전쟁터에 던져
진 그는
청춘의 대부분을 국가적 사명감을 위해 죽음의 공포 속에
서 목숨을 지키려 했지만

무거운 갑옷을 뚫은 적군의 칼날에 쓰러져 허무한 죽음으로 끝났고

그 젊은이가 참전한 전쟁은 대승을 거두어 지휘관은 영광의 면류관을 쓰고
시민들의 환호를 받으며 훈장과 포상을 받으러 황제 앞으로 당당히 나아갔지만
태어나 세상의 인정을 받아본 적이 없었던 남자는 희생자 명단에 하나의 숫자로 기록되었지

누구도 알아주지 않은 삶을 살다가
누구도 기억해 주지 않는 죽음을 맞이한 이름 없는 그 병사의 인생을
세상에서는 무가치한 존재였다고 말하는 사람이 되지 않기를
누구라도 얼굴도 이름도 모르는 그 남자를 위해 기도해 주기를.

어린이 발표회

캐나다에서 어린이들 창작 발표회에 갔어
어린이들은 많은 연습을 했겠지만
대사도 틀리고 노래에 음정 박자도 엉망이었지

그래도 누구도 야유하거나 비웃거나 비난하지 않았고
우레와 같은 박수로 어린이들을 격려하고 칭찬했어
발표회는 엉성하고 어설펐을지언정 사람들은 어린이들의 노
력과
더 발전하고 성장할 미래에 박수를 보내주었지

아기들은 걸음마를 떼기 전 먼저 기는 법을 배워
아무도 아기들이 당장 잘 걷고 뛰지 못한다고 불평하지
않아
언젠가 걷는 법을 배워 가는 아기들이 부모보다 더 잘 걷고
뛰는 날이 오리란 걸 아니까

하나님께서 평생 인간 자녀들의 성장과 발전을 지켜보시며

조금도 조급해하거나 어떤 좌절과 실패에도 저들을 포기하지 않아

인간 자녀들이 모두 성공적이기 바라지만 못해도 잘해도 사랑하는 뜻은 무한하지

사고로 걸을 수 없게 된 사람이 무던한 노력으로 물리치료를 받아

단지 다섯 걸음 걸어도 주변 사람들은 환호하고 축하하고 격려와 응원을 아끼지 않는 건

사람마다 그 사람이 할 수 있는 최대의 성공이 다르기 때문이야.

인색한 사람이 아주 작은 것을 나누어도 큰 선심을 쓰는 것이고

비만으로 고생한 사람이 이를 악물고 다이어트에 성공하면 그 기쁨이 비교할 수 없을 것이고

학력이 없지만 세상 지식을 열심히 배워 지혜를 터득한 사람은 현자로 거듭날 것이고

이룬 업적이 뛰어나 존경과 부러움을 받게 된 사람이 교만할 수 있지만 몸을 낮추어 진실한 겸손을 보여주면 인간 진

보의 완성을 보여주는 것이지

처음의 시작에서 얼마나 나아갈 수 있는지가 인간의 위대
함이고
할 수 있는 모든 노력을 아끼지 않고 성취해 낸 결과가 진정
한 성공이고
결과가 어떤 모양이든 인간 승리는 그 개인의 노력에 있는
것이지.

후회

어떤 후회는 버스를 놓친 것과 같아
하지만 만회할 기회가 남아 있지
버스는 다시 오니까

어떤 후회는 흙바닥에 물을 쏟는 것과 같아
강렬한 햇볕에 증발해 버리고
비가 되어 내려도 찾을 수 없어

이런 후회도
저런 후회도 사람이니까 하는 거야
그러니 후회로 너무 많이 아파하지 말아요.

영혼의 노래

자유 의지

신이 인간에게 부여한 자유 의지는
무엇을 선택하든 자유이니

지혜로운 자들이여
타인의 선택에 그대들의 의견은 중요하지 않다네

스스로 존중받기를 원하듯 상대를 존중할 수 없다면
속으로 무슨 생각을 했든 부디 입을 다물어 주게나

자유 의지를 부여한 신도 인간의 자유로운 선택에
그 어떤 명령도 통제도 권리도 주장하지 않는 이유는

개인 선택의 책임 소재는 그 당사자에게 있기 때문이니
같은 인간으로 참견하고 조종하고 강제하려 하지 말게나.

2장
기도

소중한 존재

한 인간의 가치는 하나님 보기에
그 무엇과 비교할 수 없이 고귀하고 소중하며 크지요

대단한 업적으로 세상에서 성공한 그대보다
어쩌면 더럽고 냄새나는 쓰레기 청소부의 삶이 세상을 더
아름답게 할 수 있어요

나와는 상관없는 세상에서 성공한 그대보다
매일 새벽에 밤새 쌓아 놓은 쓰레기를 가져가는 청소부에게
진심으로 감사할 수 있는 건 그들 노고로 쾌적한 하루를
시작할 수 있기 때문이에요

평범한 보통 사람들 인생사가 가치 없다고 생각하는 교만
을 버려야 하는 건
모든 인간의 가치가 고귀하듯 단 한 번 뿐인 저들의 인생도
모두 특별하고 소중하기 때문이지요.

딸에게

네가 좋은 기질과 성향을 지닌 사람으로 태어난 것은 축복
이었어
그러나 살아가면서 언제나 옳은 일을 옳은 방법으로 선택
하는 건 오로지 네 노력이지

네가 늘 좋은 사람으로 살아가려 노력하는 건 정말 아름다
운 도전이야
그러나 좋은 사람에만 집중하면 많은 실수와 실패를 겪어
야 하기에 좋은 선택을 하는 사람으로 살기를 바라고

네가 항상 좋은 선택을 하려면
네가 사랑하는 사람들의 가치관에 따르지 않는 너만의 가
치관을 세우고
사람들의 요구가 아닌 네 신념에 따라 용기 있는 홀로서기
가 가능해야 하지

외롭고 소외되고 버려지지 않기 위해 네가 주인이 되어야 할 너를 포기하면
세상은 너를 산산조각 내고 파멸과 영원한 슬픔으로 내몰아 좋은 사람으로도
좋은 선택을 하는 사람으로도 내버려 두지 않아

네 부모와 배우자와 친구와 친절한 이웃들의 권고에 흔들리지 말고
오직 하늘 아버지 하나님의 권고에 귀를 기울이면 불완전한 인간의 사랑이 아닌
영원히 온전하게 너를 지키고 사랑하시는 신의 인도를 받을 수 있을 거란다.

고통

고통받는 사람들을 볼 때
마음이 아프고 슬퍼지는 건 고통을 알기 때문이지

그러면서 생각해
나도 많은 고통 속을 걸어왔다는 걸

그리고 감사해
타인의 고통에 공감하고 연민할 수 있는 마음이 있다는 게

인생은 누구에게나 커다란 숙제야
감당하기 어려운 문제지

그럴 때는 말해 줘야 해
나도 그대들의 고통에 안타까운 마음이라고

그리고 도움을 나누어야 해

마음과 물질적 소유를 나누어 고통받는 사람들의 짐을 가
벼이 만들어 줘야 해

그러려고 내가 여기 존재하고
그대들이 또한 여기 존재하는 이유이기에.

선택의 기로에 서서

마음이 내는 길에는
걸림돌이 많아서 뜻한 바를 이루기 힘들고
포기가 가장 바람직한 선택일 때도 많아

운명이 내는 길에는
거부하고 피하고 싶은 시련의 모양일지라도
포기하면 안 되는 인생의 사명이 부여되어 있지

때로는 어느 길을 선택해야 할지
마음의 소망으로 방향을 잡아야 할 때도 있지만
인생의 대부분은 운명이 내는 길에 순응해야 한다네

운명의 길은 진보를 위한 배움의 길로 설계되었고
마음의 길은 인간의 본능과 욕망의 실체로
어떤 가치관을 따르냐에 따라 언제나 옳은 길을 보여주지
않지

그러나 신은

항상 인간의 성장과 행복을 위해

최선의 운명을 설계하신다는 사실을 잊지 말아야 하네.

하나님의 사랑

어느 정도 현실에 만족한 삶을 영위하고 있었을 때
매우 매력적인 제안을 들고 내 집을 방문한 지인

기도로 하나님께 어떤 길로 나아갈지 물었을 때
분명하고 명확한 영감으로 인간 지혜에 의지하지 말라는
답을 얻었어

그러나 인간적 판단으로는 너무나 매혹적인 성공으로 보였
던 길을
선택하고 당당히 나아가 긴 세월 감당하기 어려운 시련의
폭풍 속을 걸어야 했지

행복의 문을 스스로 닫고 선택한 절망의 끝에서
하나님은 다시 새롭게 안전하고 평온한 행복의 삶으로 나아
갈 문을 열어 주셨지

　　　　　　　영혼의 노래

그때 깨달음을 얻고 온전한 신뢰를 배웠어

사랑의 하나님 응답에는 그분의 영광이 아닌 인간 자녀들

의 영원한 안위와 행복이 중요하다는 것을.

기도 I

오늘 하루를 허락해 주심을 감사하오며

신체를 위한 좋은 음식과 영혼을 위한 훌륭한 가르침을 주셔서

이 하루가 허망하지 않고 삶의 의미를 깨닫는 날이 되게 해 주세요

새로운 태양이 떠올라

세상천지를 모두 새롭게 바꾸어 어제의 근심과 고뇌를 씻어 내게 하시고

오늘의 노고가 내일의 행복으로 새로운 역사를 쓸 수 있게 허락해 주세요

정말 최선을 다해 의로운 삶에 정진하느라 바쁜 하루를 보냈을 때

불면증으로 뒤척이지 않고 평안하게 깊이 잘 수 있도록 도우시며

두렵고 위험한 세상으로부터 긴 밤을 지켜 주옵소서.

탐욕

전세에서 하나님 아버지는 자녀들에게 선언하셨지
자유 의지를 부여해 줄 것이니 이를 잘 활용하여 진보에 이
르라고
하지만 자유로운 선택의 결과는 본인 책임이라고

예수 그리스도는 아버지의 뜻에 기꺼이 순종했지만
새벽의 아들인 루시퍼는 반역하여 사탄이 되었고
인간의 자유 의지를 빼앗아 모두를 구속하여 자신이 영광
을 차지하려 했어

수많은 하나님의 영들을 끌어들인 사탄의 반역은 저지당
했고
사탄의 무리는 영원히 불멸의 육체를 얻을 기회를 박탈당
했지
오직 하나님의 뜻을 따랐던 영들이 육체를 얻어 인간으로
태어날 수 있었어

그런데 불행하게도 태어난 인간 중 대다수가 전세의 루시퍼
가 했던 것처럼
권력을 탐하여 하나님께서 부여하신 자유 의지를 억압하고
조종하고 통제하려고 하고
신의 성품으로 진보하지 못했음에도 성급하게 신의 권세와
권능만을 탐하는 존재가 되었지.

주님께서는

슬픔 중에 눈물을 흘리고 있을 때
당신은 아주 조용히 다가왔고 옆에 앉아 기댈 어깨를 빌려
주셨고

처절한 고독감으로 몸부림칠 때
당신은 따뜻한 온기로 공허한 공간을 가득 채워 주셨고

끓어오르는 분노로 터져 버릴 듯 포효하며 이성을 잃을 지
경이었을 때
당신은 마음을 진정할 수 있도록 눈물샘을 열어 주셨으며

넘어지면 일어설 때까지 기다려 주고
쓰러지면 저를 업고 한참을 앞으로 걸어 주셨고

지혜를 구하는 기도에 다양한 방법으로 응답해 주시고
이미 알고 있는 해답을 기억해 낼 때까지 오래 기다려 주
셨고

잘못하는 중에도 오래 참으시며 스스로 깨달음을 얻어
죄를 인식해 회개하고 돌이켜 새로운 사람으로 다시 시작할
수 있게 도와주셨으며

그리고 불신과 오해로 당신 뜻에 순종하지 못하고 혼란스러
워할 때
인생 경험을 통해 교훈을 얻도록 당신의 변함없는 사랑으
로 영혼을 지켜 주셨지요.

사랑은

평생 세상 온갖 부귀영화를 누려도
위대한 명예와 업적으로 후대까지 칭송받아도
햇살처럼 눈부시게 쏟아지는 영광으로 빛나도
가장 높은 권좌에 앉아 누리는 강력한 권력으로도
사랑이 없으면 아무것도 아닌데

목숨을 희생하여 자식을 구하는 부모도
성탄절 소박한 식탁 위 초라한 만찬도
최선의 노력으로도 세상 뜻하는 바를 이룰 수 없는 실패도
인생을 뒤흔드는 거칠고 잔인한 풍랑 속 시련 중에도
가진 게 없어 가장 미천한 처지에 초라한 삶이어도
사랑으로 모든 걸 품으며 행복할 수 있다네

사랑은 오래 참고
사랑은 온유하며 시기하지 아니하며
사랑은 자랑하지 아니하며 교만하지 아니하며

무례히 행하지 아니하며
자기의 유익을 구하지 아니하며
악한 것을 생각하지 아니하며
불의를 기뻐하지 아니하며 진리와 함께 기뻐하고
모든 것을 참으며 모든 것을 믿으며
모든 것을 견디느니라

사랑은 사람을 사람답게 정의하는 판단 기준이며
본능의 삶을 승화된 고귀한 인생으로 인도하는 등불이고
존재 가치와 목적을 분명히 해주는 명분이며
영원한 진보를 가능하게 하여 구원을 가져다주는 천국의
열쇠라네.

신앙의 이정표

우리는 길을 잃을 수도
가지 않았으면 좋았을 샛길에서 헤맬 수도 있지요

그러나 한 가지 이정표를 잊지 않는다면
언제든 돌아올 길을 찾을 수 있답니다

그 이정표는 하나님은 살아 계시고
예수 그리스도는 구세주이며
교회가 주님의 것이라는 믿음이지요.

불필요한 게 없는 세상

불의를 보고 분노할 수 없다면
세상의 정의는 지켜 낼 수 없었을 거야

본능에 의한 진보 욕구가 경쟁심을 유발하지만
타인을 넘어서려는 노력이 없었다면 그만큼의 발전도 없
었겠지

증오하는 감정적 고뇌를 겪어 보지 못했다면
용서와 사랑으로 거듭나 느끼는 자유로움을 몰랐을 것이고

절망으로 영혼이 죽음과 같은 고통을 겪어 보지 못했다면
포기하지 않고 자신의 나약함과 싸워 이긴 희망을 발견할
수 없었을 테지

불행으로 처절하게 아프고 슬프지 않았다면
행복의 모양을 분간할 수도 없었을 것이고

불의함이 얼마나 추악한 모습인지를 본 적이 없다면
의로운 선택이 얼마나 아름다운지 알지 못했을 것이고
상반되는 것들로 인해 깨닫게 되는 진실처럼
세상에 사람들도 불필요한 존재는 없답니다.

마음이 하는 일

누군가의 실패를 바라볼 때와 성공을 확인했을 때
어떤 때에 그대 얼굴에는 흐뭇한 미소가 지어지나요?

누군가의 눈물을 볼 때와 벅찬 기쁨을 바라볼 때
어떤 때에 그대 마음이 흡족한가요?

누군가의 고통을 지켜볼 때와 평안한 모습을 바라볼 때
어떤 때에 그대 마음은 안도하나요?

누군가의 불행을 확인할 때와 진정 행복해하는 모습을 바라볼 때
어떤 때에 그대는 기쁘던가요?

그대 마음이 하는 일이 어떤 쪽으로 치우치는지가
그대가 어떤 사람인지를 말해 줍니다.

하나님의 사랑으로

누군가 인생의 밑바닥에서 절망에 갇혀 있을 때
조용히 다가가 곁에 앉아 주세요

누군가 깊은 슬픔에 울고 있을 때
부드럽게 어깨를 감싸 주세요

한탄을 늘어놓고 싶은 누군가에게는
귀를 세우고 그저 열심히 경청해 주세요

그러면 그대를 통해 하나님의 사랑을 느낄 수 있답니다.

인간의 역할은

인간은 다른 누군가를 온전하게 만들거나
영적 신체적 병자를 완벽하게 고치거나
영원한 구원에 이르도록 할 수 있는 권능은 없지

그러나 부모라면 어린 자녀를 인내와 사랑으로 돌보며 보호
할 수 있고
친구이고 이웃이라면 저들의 필요 사항을 살펴 나눔을 실
천하고
영적인 고통과 절망을 치유하시는 그리스도께로 인도할 수
있어

받을 자격을 묻지 않고 합당한 사람을 구별하지 않으며
오로지 도움이 필요한 사람을 돕고 위로가 필요한 사람을
위로하고
사랑이 필요한 사람들을 사랑하는 게 인간 역할의 전부라네.

영원한 행복

세상에서 얻는 기쁨이나 즐거운 경험은
일시적 행복으로 짧은 인생에 국한되지요

지구 안에서 일어나는 모든 경험은 죽음으로
온갖 물질들은 낡아 부패하고 상하여 언젠가 자연의 일부
로 돌아가니까요

그러나 진리는 영원 전부터 존재해 현재에 이르고 영원 저
편까지 이어져
어떠한 시련과 역경 중에도 존재할 수 있는 평온한 내적 상
태를 지켜 주지요

진리 가운데 느끼는 기쁨은 참되고 지속적이며 영원성을
지니기에
신의 뜻에 참여하여 순종함으로 영속적인 행복을 얻을 수
있답니다.

무한 가능성

모든 사람의 운명은 정해져 있다고 생각해
정해진 운명은 이를 설계한 신도 바꾸지 않으시지

그러나 오직 운명의 주인공인 인간은 바꿀 수 있어
시작은 미미할지라도 과정을 통해 수고하고 노력하여 스스
로 변화함으로
결과를 달라지게 할 수 있는 무한 가능성의 열쇠를 쥐고
있거든.

영혼의 노래

코코아 한 잔

고단했던 유학길
억척스럽게 번잡한 과정을 소화하고
마음도 몸도 지쳐 버렸지

친구의 소개로 알게 된 성공회 신부는
가을 색이 물들어 가는 아름다운 마을로 초대했고
아담한 카페에서 김이 모락거리는 코코아를 주문했고

바깥이 훤히 보이는 창가에 자리를 잡고 앉아
달콤한 코코아 향기를 음미하며 한 모금 마셨을 때
지난 피로감이 한순간에 사라지는 마법 같은 순간을 경험
했지

뜨거운 한 잔 코코아에는
신부님의 다정한 관심과 섬세한 배려가 녹아 있었기에
평생 그처럼 맛있는 코코아는 다시 없을 선물이었어.

축복받은 인생

가혹한 운명의 시련 속에서도
고귀한 본성을 잃지 않는다면

증오와 미움이 가득한 세상 속에서도
용서하고 사랑하는 마음으로 충만할 수 있다면

실패와 좌절 속에서 절망할지라도
강인한 의지로 다시 자신을 일으켜 세울 수 있다면

나약하고 궁핍함으로 무시당하고 불편할지라도
어려운 형제들을 연민의 마음으로 바라볼 수 있다면

불의한 자들의 공격이 두려울지라도
정의를 수호할 용기로 저항할 수 있다면

그대는 축복받은 인생의 주인공이랍니다.

겸손하기 어려운 이유

벼는 익을수록 고개를 숙이는데
무게를 지탱하기 힘들어 최대한 고개가 아래로 떨어져야 추
수할 때가 다가오지

그러나 많이 배우고 어떤 분야에 전문성을 지니게 된 인간
들은
벼가 자라며 고개를 뻣뻣하게 세우고 하늘을 쳐다볼 때처럼
알차게 여물지 못해 고개를 숙일 줄 모르지

아직은 추수할 때가 되지 않았음에도
세상 인정과 칭송에 목이 마르고 내적인 허기에 서둘러 수
확하려 하기에
빈 쭉정이를 거두고 만족하여 교만을 극복하지 못한 채로
생을 마감하네.

눈물

누군가 그대를 아프게 하고 깊은 상처를 주면
참지 말고 눈물이 마를 때까지 우세요

누군가 그대가 분노로 용암처럼 들끓게 할 때는
그렇게밖에 할 수 없는 상대를 불쌍히 여기고 눈물을 흘려
주세요

누군가 그대의 사랑을 편안히 받아들이지 못한다면
그 마음을 안타깝게 여기고 연민의 마음으로 눈물을 흘리
세요

누군가 그대로 인해 눈물을 흘리게는 말고 차라리 우는 사
람이 되면
그 눈물이 그대의 아픔과 분노와 실망을 씻어 주어 고귀한
존재로 성장하게 한답니다.

바람처럼

바람은 항상 여행을 하지
나그네처럼 먼 곳에서 불어와
이곳을 지나가며 잠시도 쉬어 가지 않아

때로는 산들바람으로 다정하게
때로는 거친 야생의 바람으로 냉혹하게
때로는 물기를 잔뜩 품은 습한 바람으로 불쾌감을 남기기
도 해

사람들도 바람을 닮았어
어떤 이는 고운 향기를 풍기며 부드럽게 지나가고
어떤 이는 고난이고 시련이 되어 지나가는 길을 황폐하게
만들기도 하지

바람처럼 여행자인 사람도 스쳐 지나가고
영원히 붙잡고 싶은 순간이든 빨리 벗어나고 싶은 순간이든
지나가고 나면 다시 돌아오지 않아.

위로할 때는

모든 일이 다 잘 풀릴 거라 장담하지 말고
실패를 견디고 이겨낼 힘을 달라고 기도하기를 권하면 어때?
아무리 힘겨운 고난을 겪어도 안 될 일은 안 되거든

포기하지 않으면 언젠가 무조건 성공에 이를 거라 확신하지
말고
포기해야 할 것과 포기하지 않을 것을 분별하는 지혜를 구
하면 어때?
인생에는 노력으로 성취할 수 있는 일과 그렇지 못한 것으
로 나뉘거든.

영혼의 노래

인생은

그 어떤 노력으로도 좋은 결과를 얻을 수 없는 문제 앞에서
그래도 할 수 있는 최선을 다해 보라고 권유하는 것은
처절한 실패로 인해 좌절하고 절망하라는 의미는 아니지

인생은 그렇게 불가능한 일에도 도전해 보고
실패에서 일어나 다시 시작할 힘을 모으고 붙잡아
더욱 견고하게 성장하라는 배움의 과정으로 주어진 것이
기에.

과거의 경험

불의한 사람들에게 억압당하고 부당하게 시달렸던 과거
에는
왜 내게 그런 일들이 일어났는지 이해도 되지 않았고 하늘
을 원망하기도 했지

그런데 현재의 사람들이 내 위에 군림해 불의한 권력을 행
사하려고 할 때
이에 저항하여 저들을 물리치고 자신을 지킬 수 있는 지혜
와 용기를 낼 수 있었어

시련 중에 아프고 슬프고 억울하지만
그런 경험 중에도 배운 교훈이 있으면 그건 진정한 유익이
되고 축복이 되지.

기도 II

성장기 아버지의 폭언에
주체할 수 없는 슬픔을 안고 거리를 배회할 때
누구라도 들어갈 수 있게 교회 예배당은 문이 열려 있었
어요

늦은 저녁 시간에 고요한 정적이 흐르는 예배당에 환하게
불을 밝혀
누구라도 긴 나무 의자에 앉아 기도할 수 있게 해 주었고
교회 건물을 지키는 관리인은 언제나 상냥한 미소로 반겨
주었지요

세상살이 고단함에 지쳐
교회를 찾는 사람들이 모두 신앙인은 아니지만
어딘가에서 낯선 이방인이 되어 버린 저들을 반겨 줄 장소
가 절실한 거예요

판단하고 비난하는 사람들은 어디나 넘쳐나고

이유를 묻지 않고 위로받을 장소가 세상에는 없기에

주님의 교회 안에서는 누구나 편견 없는 사랑을 나누며 언

제나 따뜻하고 평온하고 안락한 장소이기를 기도합니다.

흔적

인간은 짧은 생을 살다가 갑자기 세상에서 사라지는 존재
이기에
살다 간 흔적을 남겨 후대 사람들이 오래 기억해 주기를
바래

위대한 업적을 남기고 싶은 것은
역사의 한 획을 그은 존재감을 뽐내고 싶어서지

그러나 누군가 기억하든 그렇지 않던
모든 사람은 유일하게 자신만의 소중한 인생을 살다 가는
거야

그러니 자신만 인정할지라도 인생이라는 도화지에
자신의 의지로 직접 멋진 그림을 그려 보라고 격려하고 싶어.

후기 성도로 산다는 것은

흔히 몰몬이라는 별명으로 불리는 후기 성도
한국에서도 그렇지만 미국이나 캐나다에서 만난 한국인 교
포들은
정색하며 어쩌다 이단 종파인 몰몬이 되었냐고 놀라움과
연민을 드러내지

그러면 내가 강한 신념을 드러내며 답했어
나는 몰몬이어서 정말로 좋고 행복하다고
내가 40년 전에 했던 선택을 후회한 적이 없다고

복음 원리가 얼마나 훌륭한지
교회 가르침이 왜 옳은지를 설명하지 않아도
사람들은 더 이상의 반박을 하지 못해

후기 성도라는 이유로 세상의 온갖 편견 앞에서 배척당할
수 있지만

나는 복음을 통해 충만한 축복을 누리며 정말 행복했고
지금도 행복하고 앞으로도 영원히 행복할 것을 알아요.

기적

부모가 반대하는 선교 사업을 앞두고 신앙적으로 힘들었
을 때
가족이 모두 외출한 집 내 방안에서 조용히 기도를 시작
했어

선지자 조셉 스미스가 하나님의 부름을 받은 종이 맞는지
조셉 스미스가 번역한 몰몬경이 진정 하나님의 말씀이 맞는
지 확신을 달라고 기도했지

부모의 반대로 선교 사업을 나가야 하는지 고민이 많았고
이미 간증이 생긴 신앙 앞에서도 극심한 혼란을 겪고 있었
거든

그때 갑자기 형체를 알 수 없는 어둠의 물체가 내 몸을 뚫
고 지나갔어

내가 느낀 절망감과 공포는 전에는 겪어 본 적이 없는 전혀 새로운 두려움이었어

그래도 나는 굳어진 입술을 움직여 하나님께 도움을 구했고 곧이어 놀라운 영광의 빛이 내 몸속으로 들어오는 느낌을 받았어

순식간에 그 끔찍한 어둠의 공포는 형용할 수 없는 환희와 안도의 기쁨으로 바뀌었고
나의 심장은 따뜻한 온기에 휩싸여 뜨거워졌으며 평안과 위로 그리고 기도에 대한 확신을 얻었지

하늘의 해를 보고 그 강렬한 빛을 부인할 수 없듯이
성신이 내 몸 안에 머물렀던 기적을 결코 부인할 수 없어요.

살아 계신 선지자

오래전 세상을 떠나신 헌터 회장님이 선지자로 부름을 수
행하실 때
건강이 좋지 못해 휠체어에 의지하셨음에도 한국을 방문
했어

중요한 모임들을 주관하시고 일반 성도들을 위해
토요일에 가벼운 우정의 모임을 가졌고

나는 그때 합창단원으로 노래를 불렀는데
모임 장소에 헌터 회장님이 등장하자 영화로운 영이 장소를
가득 채우는 걸 지켜봤어

나는 그렇게 압도적인 영이 가득한 모임에 참석해 본 적이
없었기에
그저 놀라고 감격하여 제대로 노래를 못 부르고 눈물만 흘
렸지

지금까지도 누군가로 인해 그렇게 강하고 영광스러운 영을 느껴 보지 못했어

나는 그날 하나님의 살아 계신 선지자의 권능과 권세를 알게 되었고 결코 잊을 수 없는 경험이었어.

성전에서

미국 워싱턴DC 성전은
고속도로를 달리면서 볼 수 있는 웅장하고 고귀한 자태를
지닌 주님의 집입니다

먹고 사느라 매일 12시간 직장에 매여 지냈는데
어느 날 매니저가 오후 4시에 퇴근을 시켜 주면서 하고 싶
은 일을 하라고 했지요

집에 돌아와 몸을 정갈하게 씻고 평소에는 엄두도 낼 수
없는
성전 방문을 계획했는데 딸아이가 자신과 시간을 보내 달
라고 응석을 부렸어요

그래도 기회가 없었기에 자동차를 몰고 길을 나섰는데 딸
아이 간청이 떠올라 집으로 다시 길을 돌렸고

그러다 다시 성전으로 그렇게 길 돌리기를 서너 차례나 반복했지만 결국 성전에 도착했어요

마지막 의식에 간신히 들어갔던 나는 마지막 관문을 통과해 해의 왕국실로 들어갔고
평소처럼 기도하는 중에 아주 특별한 영의 위안을 얻을 수 있었어요

조용하지만 정말로 따뜻하고 마음속 근심이 전부 녹아 사라지는
그래서 하나님의 영에 감동되면 세상 어디에서도 얻을 수 없는 사랑의 위안으로 충만해지지요.

아픔 중에

정말 너무나도 슬프고 아파서 금방이라도 심장이 멈춰 버리 것 같은 날이 있었어
방 안 침대에 누워 하염없이 찢어질 듯 아픈 심장을 부여잡으며 괴로움에 몸부림을 쳤지

세상에는 감당할 수 있는 슬픔도 있지만 그때는 내가 감당할 수 없는 고통을 겪었는데
어느 순간에 나의 몸이 구름에 받쳐진 듯 위로 떠올랐고 눈에는 보이지 않지만 빛줄기가 내 몸을 감싸고 있는 걸 알 수 있었어

그 빛줄기는 아주 가늘었지만 수십 겹으로 뭉쳐져 있었고
내 몸과 마음을 부드럽고 따스하게 감싸 주고 어루만져 주는 듯했기에

안도감과 평온한 감정으로 진정된 나는

드디어 눈물을 흘리며 죽음과 같은 고통스러운 감정을 씻

어 낼 수 있었지.

기적의 순간들

오늘 하루를 살면서
얼마나 많은 기적을 만났는지 헤아릴 수 없네

인생을 살면서
순간마다 기적을 경험하지 않았다면 지금까지 살아오지 못
했음을 인정할 수밖에 없네

기적인 줄 아는 때에도
기적인 줄 깨닫지 못하는 때에도
하나님이 행하시는 기적의 손길은 언제나 우리 곁에 머무네.

영혼의 노래

용서해야 하는 이유

주님의 음성이 임하여 세상에 모든 불의하고 악한 형제들
을 용서해야 한다고
당신이 나의 개심을 오래 참고 기다린 것처럼 악인을 포기
하지 않고 오래 기다리는 당신의 뜻에 순종하라고

그리고 말씀하셨어
내가 감당할 수 없고 스스로 자신을 지킬 수 없게 만드는
사람까지 끌어안고
고통과 파멸을 자초하지는 말아야 한다고

그러면서 악인들을 끝까지 품에 안고 갈 수 있는 주님께 복
수를 맡기고
내가 받아야 할 용서와 나의 영원한 평안과 행복을 위해 기
꺼이 형제들을 용서하고
저들의 영혼을 위해 기도하라고 당부하셨지.

인간의 가치

하나님께서 인간의 가치가 크고 위대하다고 하셨는데
스스로 부족하고 나약한 자신을 보며 좌절하고 절망하는
게 인간이고

타인의 시선에 근심하고 판단과 비난하는 태도에 상처받아
혹시라도 그대가 너무나 초라하고 한심하게 여겨질 수도 있
겠지만

타인의 판단으로 그대를 정의하지 말고
하나님께서 그대를 바라보는 시선으로 자신을 바라보면 어
떨까요?

노후의 삶은

불의한 부모라도 존중하여 순종적인 딸로 살았고
이웃과 친구들에게는 정직한 의리를 지켰으며

부족함이 많아도 노력으로 모성에 최선을 다하고
지고지순한 순정으로 부부의 인연을 이어왔으며

재능이 없어도 인내와 열정으로 글을 쓰고
세상에서 궁핍하여도 나누기를 기뻐하며

대단한 학위가 없어도 배움에 진심이었으며
배운 바를 깨달아 실천에 이르려 노력해 왔으니

이제는 야생화 정원을 가꾸며
평안히 안식하는 날을 기다리고 싶어요.

먼 길을 돌아왔어요

그대들에게 마음을 의지했고
최선의 사랑에 대한 보상을 기대했으며
자랑스러운 성취감으로 긍지를 얻고자 했어요

그러나 그대들은
의도하지 않았어도 실망감을 안겨 주었고
인간적 부족함에 배신감도 느끼게 했으며
무심한 외면으로 소외감 속에서 고독한 길을 걷게 했어요

그러나 내가 그대들에게 상처가 될 아픔의 근거가 되고
많은 기대에 부응하지 못했으며
충만한 사랑으로 안도감 속에서 평온히 머물게 배려하지 못
했지요

그래서 숱한 불면의 밤과 고뇌에 찬 절망감으로

후회와 반성으로 스스로 벌을 받는 중에

사랑함으로 용서하고 다시 용서함으로 사랑하여

자유로운 영혼으로 행복을 되찾기까지 먼 길을 돌아왔어요.

부여받은 은사가 다르기에

작곡가는 음률을 사랑함으로
무용가는 춤을 사랑함으로
작가는 글쓰기를 사랑함으로
지도자는 따르는 군중을 사랑함으로

기꺼이 훌륭한 음악을 감상하고
감격의 눈으로 멋진 춤사위를 쫓으며
영혼의 노래인 위대한 작품에 공감하고
의로운 뜻으로 인도하는 지도력에 순종함으로

세상에는 뛰어난 재능과 노력으로 별처럼 빛나는 천재들의
은사에
위대한 성취를 찬양하며 깊은 감동과 기쁨이라는 혜택을
누리는 보통 사람들의 호응으로
특별한 능력의 은사에 박수로 화답할 줄 아는 은사가 더해
져 세상을 아름다운 가치로 풍성히 채웠답니다.

스스로 돕는 자

실패를 두려워 말고

성공에 집착하지 않으며

최선의 노력과 포기하지 않는 불굴의 의지로 도전하면

결과에 상관없는 성취감과 성장은

그대에게 허락될 하늘의 보상이 되고

더하여 은혜로운 축복의 근간이 되지요.

인생의 목적

나는 누군가의 딸이며
누군가의 친구이자 형제이고
누군가의 아내이며 누군가의 부모로 살았지

인생의 역할은 다양한 모습으로 의무를 지웠지만
개인적으로 성취하고 싶었던 일은
좋은 글을 쓰는 작가로 성공하고 싶었어

인생의 사명은
삶의 의미를 찾아 배움을 얻어 깨달음에 도달하고
의로운 진리를 실천하는 것이지

어떤 역할로 어떤 성취를 소망하건
궁극의 목적은 어떤 사람으로 변화하여
어떤 인생을 살고자 노력했는지에 대한 선택이기에

참된 인생의 목적을 생각할 때

자신을 규정하는 기준은 어떤 사람으로 부여된 역할을 감

당하고

어떤 사람으로 개심하여 진보할 수 있는지가 아닐까.

나다운 인생

누군가는 사회적 자격을 갖추지도 타고난 재능이 뛰어나지도 않은 내게
사람들이 외면할 글을 쓰고 출판하는 건 인생의 낭비라고 충고했고

누군가는 지구력도 부족하고 운동 신경조차 무딘 내게
끝내 완주하지 못할 것이니 친선 마라톤에 참여하는 기회조차 과욕이라 했고

누군가는 의협심은 있지만 너무나도 평범하고 연약한 내게
강력한 권력자들의 불의에 저항하면 반드시 처참한 패배자로 전락할 것이라 장담했지

언어를 이해하고 문장을 구성하여 마음을 표현할 수 있는데

마음의 소리를 당당히 내면서 작가로의 꿈을 꾸는 건 정말 멋진 도전이고

우승의 면류관을 탐하지 않고 그저 온 마음의 정성과 노력으로
포기하지 않고 달려 마음속 나약함을 이겨내기 위한 싸움을 멈추지 않는 것은 인내심의 승리이며

정의를 수호함에 마치 달걀로 바위를 치는 어리석은 수고로 보여도
용기를 잃지 않고 비굴하게 도망치지 않으면 스스로 존재감에 긍지와 자부심을 잃지 않을 것인데

자유 선택 의지의 특권으로 내 마음으로 하는 일인데
결과와 상관없이 마음껏 꿈을 꾸고 펼치는 게 나다운 인생이랍니다.

기도 III

이 세상 온갖 험난한 시련과 고통 속에 힘겨워하는 사람들을 불쌍히 여기시어
오늘 살아 있음이 축복이 되고 안전한 거처에서 평안히 잠들도록 도와주소서

지혜가 부족한 사람들이 진리를 배우고 이를 깨달을 수 있는 경험을 허락하시어
존재의 가치를 이해하고 인생의 목적과 의미를 알고 이 순간을 감사할 수 있도록 축복하소서

영원한 안식과 구원을 꿈꾸며 진보하기 위해 노력하는 사람들이
이기심과 증오하고 미워하는 마음을 극복하여 더 많이 용서하고 사랑하기를 실천할 수 있게 인도해 주시고

누구나 겸손하여 당신의 천국을 볼 수 있기를

누구나 하나님의 성품으로 거듭나 당신의 천국에서 안식할

수 있기를 기도합니다.